Name: Kristina Leitner
bekannt als: Krissi
Alter: 9 Jahre
Spezialgebiet: Verfolgungsjagden und klettern
Hobbys: Ballett, Fußball
Das mag ich: Sport
Das mag ich nicht: Zicken
Das ist typisch für mich: Ich bin supersportlich!
Verbrecher schnappe ich, weil niemand so schnell laufen kann wie ich. Ich bin also immer mindestens eine Nasenlänge voraus!

Name: Alexander Meierhofer
bekannt als: Alex
Alter: 11 Jahre
Spezialgebiet: Abenteuer
Hobbys: Streiche spielen
Das mag ich: mein Baumhaus
Das mag ich nicht: Langweiler und Spaßbremsen
Das ist typisch für mich: Ich habe immer einen guten Spruch auf Lager!
Verbrecher schnappe ich, weil ich einfach der Beste bin!

Detektivbüro Schnüffel & Co.

Karin Ammerer

Spuk auf Schloss Fürchtenstein

Illustrationen
Regina Mischeff

G&G

In Inspektor Schnüffels geheimer Ratekrimi-Bibliothek bisher erschienen:
Haltet den Dieb! ISBN 978-3-7074-1598-8
Knack den Code! ISBN 978-3-7074-1599-5
Post vom Erpresser ISBN 978-3-7074-1600-8
Knapp daneben, Karl Knacki ISBN 978-3-7074-1583-4

Weitere Bände mit Inspektor Schnüffel:
Der Katzenklau ISBN 978-3-7074-0330-5
Die verschwundene Keksdose ISBN 978-3-7074-0260-5
Drei mörderische Tanten ISBN 978-3-7074-0261-2
Die Männer aus dem Moor ISBN 978-3-7074-0292-6

Weitere Titel von Karin Ammerer:
Ankick für die Wuchteltreter ISBN 978-3-7074-1686-2
Basti stürmt los ISBN 978-3-7074-1455-4
Ein Wuchteltreter gibt nie auf ISBN 978-3-7074-1581-0
Fritz Blitz – Olympia in Gefahr ISBN 978-3-7074-1582-7
Fritz Blitz – Kampf um Gold ISBN 978-3-7074-1453-0
Fritz Blitz – Attacke der Pistenpiraten ISBN 978-3-7074-1346-5

www.ggverlag.at

ISBN 978-3-7074-1671-8

In der aktuell gültigen Rechtschreibung

1. Auflage 2014

Illustrationen: Regina Mischeff

Gesamtherstellung: Imprint, Ljubljana

Inhalt

1. Schnüffel und der Affe aus dem Urwald 8

2. Auf ins Abenteuer 16

3. Ein Gespenst kommt selten allein 23

4. Nichts wie weg! 29

5. Spuk auf Schloss Fürchtenstein 40

6. Alex, der Gespensterjäger 47

7. Endlich ein Fall! 56

8. Detektive auf der Lauer 64

9. Erwischt! 72

10. Ein seltsamer Zufall 78

11. Das Ende vom Garn 83

1. Schnüffel und der Affe aus dem Urwald

„Heute um drei beim Inspektor?“, fragt Alexander, während der Schulbus langsam einbiegt und die wartenden Kinder einen Schritt zurücktreten, nur um dann gleich wieder nach vorne zu drängeln. Mit einem lauten Zischen öffnen sich die Türen.
„Nicht stoßen“, mahnt der Buschauffeur. „Wer schubst, fährt nicht mit!“
Die mit Schultaschen, Rucksäcken und Turnsackerln bepackten Kinder quetschen sich durch den schmalen Mittelgang. Um die Plätze in der letzten Reihe gibt es ein Wettrennen.
„Im Bus wird nicht gegessen!“, erklärt der Chauffeur dem dicken Karli.
„Eh nicht“, sagt der unschuldig und stopft sich schnell den letzten Bissen seiner Wurstsemmel in den Mund.
Alex hat sich mittlerweile erfolgreich bis zur Eingangstür vorgekämpft.
„Logo! Um drei!“, nickt David.
„Bin dabei!“, meint auch Kristina. Mit ihrem Cousin Alex und ihrem Nachbarn und besten Freund David hat sie eine Bande gegründet. Nicht irgendeine Bande! Eine echte, eine richtige, eine streng geheime und überhaupt sehr aufregende Detektivbande.

„Und wenn uns der Inspektor alles beigebracht hat, suchen wir uns gleich den ersten Fall“, freut sich Kristina.
„Geh, Krissi! Fälle sucht man nicht“, lacht Alex.
„Tschüss, bis später!“, ruft er seinen beiden Freunden noch zu und steigt in den Bus, der sich schnaufend in Bewegung setzt.
„Genau!“, sagt David, den alle nur Sprosse nennen, weil er erstens Sprossmann heißt und zweitens eine Menge Sommersprossen hat. Sein Markenzeichen, wie Sprosse gerne erklärt. „Glaubst du im Ernst, euer Onkel ist den ganzen Tag unterwegs und sucht neue Fälle?“
Krissi zuckt mit den Schultern. Woher soll SIE denn bitte wissen, wie Inspektor Schnüffel zu Fällen kommt.
Aus dem Bus winkt Alex den beiden noch nach. Dann machen Sprosse und Krissi sich auf den Nachhauseweg.

„Fälle passieren einfach“, erklärt Sprosse. „Rein statistisch gesehen gibt es in Städten mehr Verbrechen als hier bei uns am Land.“
Das klingt logisch. Und obwohl ihr Heimatdorf Kartbergen alles andere als eine Stadt ist, sind die Nachwuchsdetektive sicher, dass ihr erster Fall nicht lange auf sich warten lassen wird.

Pünktlich um 15 Uhr läuten die drei an Schnüffels Tür. Ungeduldig zupft Krissi an ihren Haaren. Wo bleibt der Inspektor nur? Sprosse drückt noch einmal auf die Klingel. Diesmal länger.
Nichts.
„Inspektor!“, ruft Alex. Krissi klopft an das Küchenfenster.
Sprosse rückt seine Brille zurecht und zieht sein Handy aus der Hosentasche.
„15:03 Uhr“, informiert er die anderen.
„Krissi, bist du sicher, dass er 15 Uhr gesagt hat?“, fragt Alex.
Krissi nickt. „Absolut und hundert pro!“
„Und Freitag? Habt ihr Freitag ausgemacht?“
Wieder nickt Krissi.
Sie hat dem Inspektor sogar das Datum gesagt, damit es sicher keine Verwechslung geben kann. Noch einmal drückt sie auf die Klingel.

„Ich habe ihm den Termin aufs Handy geschickt“, erklärt Alex und zeigt seinen Freunden zum Beweis die Nachricht.
„Freitag, 15:00 Uhr, Detektivklub!“

„Ja, was ist denn da los?“, keift jemand über den Gartenzaun. Nachbarin Resi Pospischil hat das Klingeln wohl gehört. „Wer läutet denn da die ganze Zeit? Es ist keiner daheim!“
„Grüß Sie, Frau Pospischil“, sagt Krissi freundlich. „Wir sind es nur!“
Resi Pospischil lugt neugierig über den Gartenzaun. „Ah, die Kinder“, stellt sie wenig begeistert fest. „Der Inspektor ist nicht daheim. Der ist vorhin weggefahren!“
„Weggefahren?“, wiederholt Sprosse ungläubig. „Ja, wo ist er denn hin?“
Das weiß Frau Pospischil leider auch nicht. „Ich bin ja nicht seine Sekretärin“, meint sie. „Aber wenn ihr schon da seid, könnt ihr euch gleich ein bisschen nützlich machen und Unkraut zupfen. Ich sage dem Inspektor jeden Tag, dass das dringend gemacht gehört. Es ist ja eine Schande, wie er seinen Garten verwildern lässt. Das schaut aus wie im Urwald!“

„Ja, das muss so sein“, erklärt Lausbub Alex wichtig und zwinkert seinen Freunden verschwörerisch zu. „Der Inspektor bekommt ein neues Haustier, und das soll sich natürlich wohlfühlen.“
„Ein Haustier?“, wird Frau Pospischil hellhörig. „Und das, wo er so wenig zuhause ist, der Herr Inspektor! Na, da muss ich ihm heute gleich sagen, dass ich mich

nicht darum kümmern kann. Nicht, dass er auf die Idee kommt und mich zum Hundeausführen einteilt."
„Bestimmt nicht", beruhigt sie Alex. „Es ist ja auch kein Hund, sondern ein Affe."
„Ein was???", schreit Resi Pospischil erschrocken auf. Das hat ihr gerade noch gefehlt. Zuerst ein verwilderter Urwaldgarten und dann auch noch ein Urwaldtier.
„Ein AFFE!", wiederholt Alex und freut sich diebisch, als er das entsetzte Gesicht der Nachbarin sieht.
„Also, das kommt ja überhaupt nicht in Frage! In unserem schönen Dorf hat ein Affe nichts, aber auch gar nichts verloren!", schimpft Frau Pospischil vor sich hin. „Der stibitzt mir doch die schönen Äpfel von meinen Bäumen! Also, alles, was recht ist, so geht das nicht!"
„Ich glaube, der Affe isst sowieso lieber Bananen", kichert Krissi.
„Affen fressen nicht nur Bananen, sondern so ziemlich alle Früchte, Blätter, Insekten und manche Arten fressen sogar Fleisch", berichtigt sie Sachbuchfan Sprosse.
Jetzt reicht es Frau Pospischil endgültig. „Da muss doch jemand etwas dagegen unternehmen. Mir kommt jedenfalls kein Affe in die Nachbarschaft. Ich werde den Herrn Inspektor sofort anrufen!"
Aufgebracht stürmt sie in das Haus, während sich Alex vor Lachen kaum noch einkriegt.
„Die arme Frau Pospischil!", meint Krissi mitleidig.

„Ich würde eher sagen, der arme Inspektor", grinst Alex.
Aber mit einer Sache hat die Nachbarin gar nicht Unrecht. Den Inspektor anzurufen, ist bestimmt eine gute Idee.

2. Auf ins Abenteuer

„Ja, Schnüffel hier“, meldet sich der Inspektor am Telefon.
„Hallo, ich bin es, Sprosse.“
„Sprosse? Das ist ja nett, dass du … oh nein! Ich hab es vergessen“, stöhnt Schnüffel.
„Ihr wolltet doch heute zu mir kommen wegen des Aufsatzes über Detektive.“
„Äh, ja … also, nein, eigentlich geht es mehr um unseren Detektivklub“, erklärt Sprosse.
„Tut mir leid! Das müssen wir verschieben“, entschuldigt sich der Inspektor. „Lenz und ich arbeiten an einem neuen Fall und ich habe im Moment wirklich überhaupt keine Zeit. Aber sobald wir die Bande gefasst haben, helfe ich euch natürlich gern bei dem Aufsatz.“
„Es … es ist ein Detektivklub“, versucht Sprosse den Irrtum aufzuklären.
„Ja, genau! Den schreiben wir dann einfach gemeinsam. Du wirst sehen, das klappt schon“, meint Schnüffel.
„Du, Sprosse, ich muss jetzt wirklich weiterarbeiten. Ach du meine Güte, da ist noch jemand in der Leitung. Warte mal kurz … Nanu? Die Pospischil? Hoffentlich habe ich nicht wieder das Wasser laufen lassen. Sprosse, ich …“

„Kein Thema! Tschüss!“, verabschiedet sich Sprosse schnell.
„Und?“, drängt Alex. „Was ist jetzt?“
„Die Pospischil ruft grad beim Inspektor an“, berichtet David.
Das ist genau der richtige Moment für die drei Nachwuchsermittler, die Flucht zu ergreifen.
„Aber wenn ich es Ihnen doch sag, Herr Inspektor“, hören sie die Nachbarin noch keifen. „Ich habe absolut zuverlässige Quellen. Ich weiß alles über Sie und den Affen. Aber das werde ich verhindern! Mit einer Resi Pospischil ist nicht zu spaßen!“
Lachend laufen Krissi, Alex und Sprosse weiter. Erst beim Waldrand bleiben sie stehen.
Sprosse lässt sich schnaufend auf eine Sitzbank fallen.
„Der Inspektor hat es übrigens vergessen“, keucht er.
„Na, Überraschung“, grinst Alex. „Das ist typisch Inspektor Schnüffel!“
„Und er arbeitet an einem neuen Fall“, erzählt Sprosse.
Ein neuer Fall? Wie aufregend!
„Los, mach es nicht so spannend! Wer? Was? Wie? Wo? Wann? Und vor allem, warum?“
Sprosse zuckt nur mit den Schultern. Das weiß er doch selbst alles nicht. Schnüffel hat ihm ja auch nicht mehr erzählt.
„Ach, ich wünschte, wir hätten auch endlich einen Fall“,

seufzt Krissi nachdenklich. „Wir könnten den Inspektor beschatten und herausfinden, woran er gerade arbeitet.“ Davon sind Alex und Sprosse aber gar nicht begeistert. Schnüffel hat nicht einmal gesagt, wo er gerade ist.
„Lasst uns nach Hause gehen“, schlägt Alex vor. „Wir versuchen es morgen noch einmal.“
„Und wenn die Pospischil sich wieder einmischt?“, ist Krissi gar nicht wohl bei dem Gedanken.
„Na, dann erzähl ich ihr, dass der Inspektor jetzt doch keinen Affen bekommt, sondern ein Nilpferd“, grinst Alex.
„Das glaubt sie doch nie“, widerspricht Sprosse.
„Nilpferde leben in der Nähe von Seen und Flüssen.“
„Noch besser“, freut sich Alex. „Dann erkläre ich ihr, dass das Nilpferd in Schnüffels Badewanne wohnen wird.“
Bevor Sprosse zu einem Vortrag über Gewichtsbeschränkungen für Badewannen ansetzen kann, greift Krissi ein.

„Kommt schon, wir gehen. Nehmen wir den Weg durch den Wald?“
„Durch den Wald?“, wiederholt Sprosse nachdenklich. „Also am alten Schloss vorbei?“
„Klar! Oder hast du etwa Angst?“, fragt Alex spöttisch.
„Ich? Angst? Also … äh … nein, nicht wirklich“, stottert Sprosse. „Ich habe nur kurz nachgerechnet. Wir sollen um 18 Uhr bei Alex sein und der Weg durch die Siedlung ist eindeutig kürzer. Wir würden da glatt … also mindestens … wenn ich mich nicht verrechnet habe … und ich verrechne mich normalerweise nie …“

„Egal“, winkt Alex ab. Schließlich können es bloß ein paar Minuten Umweg sein. Und wen interessieren schon ein paar Minuten, wenn man dafür ein echtes Abenteuer erleben kann?
„Ich möchte aber betonen, dass wir eigentlich auf der Suche nach einem Fall sind und nicht nach einem Abenteuer!“, gibt Sprosse zu bedenken. Den beiden anderen ist das aber egal. Auch bei Krissi ist die Abenteuerlust längst geweckt. Wenn es schon nichts zu ermitteln gibt, dann gibt es vielleicht wenigstens etwas zu erleben.
„Das geht sich locker aus. Los, komm schon“, meint sie.
„Bitte, wenn ihr unbedingt wollt …“, gibt Sprosse widerwillig nach.
„Wollen wir!!!“
Das alte Schloss Fürchtenstein ist doch der perfekte Ort für ein Abenteuer. Bestimmt gibt es dort geheime Gänge, ein dunkles Verlies und rostige Ritterrüstungen. Das wäre genau nach Alexanders Geschmack. Und wer weiß, vielleicht ist dort sogar irgendwo noch ein Schatz versteckt?
„Hurra!“, jubelt Krissi.
Sprosse ist nicht wirklich begeistert. Jetzt, wo endlich Ferien sind und er in Ruhe ein paar Sachbücher lesen könnte, müssen Abenteuer nicht unbedingt sein.

„Wollen wir nicht doch lieber irgendwo Spuren suchen?“, schlägt Sprosse vor. „Vielleicht stoßen wir auf unseren ersten Fall!“
„Im Rosengarten von der Pospischil vielleicht?“, lacht Alex. „Ich würde sagen, an Schloss Fürchtenstein vorbeizugehen, ist genau die richtige Mutprobe für Detektive!“
Krissi und er sind Feuer und Flamme für Alex’ Idee. Sprosse gibt sich geschlagen. Vielleicht hat er ja Glück und das Schloss entpuppt sich als total langweilig. „Gut, ich bin dabei“, seufzt er.

Alex klopft ihm aufmunternd auf die Schulter.
„Ach ja, und die Geistergeschichte, die sich die Leute über Schloss Fürchtenstein erzählen … die ist übrigens sicher erfunden!“, beruhigt Alex seine Freunde.
Erschrocken schauen Sprosse und Krissi einander an.
„Gei…Geistergeschichte?“

3. Ein Gespenst kommt selten allein

„Welche Geistergeschichte?“, fragt Krissi ängstlich. „Gespenster gibt es doch gar nicht. Oder?“

„Jedenfalls ist es nicht wissenschaftlich erwiesen, dass es Gespenster gibt“, meint Sprosse.

Krissi seufzt erleichtert auf. Was für ein Glück!

„Obwohl immer wieder Menschen berichten, dass sie Gespenster gesehen oder gehört haben“, fährt Sprosse fort.

Oh nein! Das hat Krissi gerade noch gefehlt.

Alex grinst von einem Ohr zum anderen. Genüsslich erzählt er seinen beiden Freunden von Gräfin Brunhilde, die angeblich noch heute auf Schloss Fürchtenstein spukt. „Also ... vor vielen, vielen, vielen, vielen Jahren soll Gräfin Brunhilde hier gelebt haben. Ihr Vater war furchtbar streng und wollte, dass sie den Sohn des Königs heiratet. Aber die gute Bruni dachte gar nicht daran und verliebte sich in Lutgard, den Stallburschen. Na, das hat dem strengen Papi aber gar nicht gepasst“, erzählt er mit einer unheimlichen Stimme.

Krissi hält sich an Sprosses Oberarm fest.

„Und, was ist dann passiert? Sag schon!“, drängt sie Alex.

„Ja, Bruni war das ziemlich egal und sie beschloss, den Stallburschen trotzdem zu heiraten!“

„Au weh“, entfährt es Krissi.
„Mir tut mein Arm auch schon ziemlich weh“, jammert Sprosse. „Kannst du dich vielleicht woanders festhalten?“
„Pst!“, macht Krissi.
„Jedenfalls kam dann irgendwann der Tag, an dem geheiratet werden sollte. Die gute Bruni stand in ihrem weißen Brautkleid am Fenster im ersten Stock und wartete auf ihren Lutgard!“
Alex macht eine künstlerische Pause und schaut stolz in die gespannten Gesichter seiner Freunde.

„Jetzt sag endlich, wie es weitergeht!“, rufen Sprosse und Krissi aufgeregt.
„Naja, sie stand da … und stand da … und stand da“, berichtet Alex.
Krissi zappelt ungeduldig von einem Bein auf das andere. Sie will endlich, endlich wissen, was aus Gräfin Brunhilde und ihrem Bräutigam geworden ist. Ihre Fingernägel krallt sie fest in Sprosses Schulter.
„Lutgard kam jedenfalls nicht und die arme Bruni soll drei Tage und drei Nächte lang geweint haben.“
Krissi lockert ihren Griff und Sprosse reibt sich die schmerzende Schulter. Bestimmt gibt das einen blauen Fleck. Wenn nicht sogar zwei!
„Und das war es?“, fragt Krissi ein bisschen enttäuscht.
„Was hat das alles jetzt mit Gespenstern zu tun?“, wundert sich Sprosse und bekommt für diese Meldung noch einmal die Fingernägel seiner Kusine zu spüren.
Stimmt ja, die Gespenster! Die hatte Krissi schon fast wieder vergessen.
Aber auch das erzählt Alex nur zu gerne. Denn Lutgard kam nicht, wie wir schon wissen. Die gute Bruni heulte ganz fürchterlich und der Herr Papa wird wohl zufrieden gewesen sein, weil das Töchterchen den Stallburschen nicht heiraten konnte.
„Niemand weiß, was aus Lutgard geworden ist“, macht

Alex es extra spannend. Er flüstert geheimnisvoll und schaut sich immer wieder um. Sprosse läuft es kalt den Rücken hinunter.
„Vielleicht ist er davongelaufen, weil er Bruni doch nicht heiraten wollte“, vermutet Krissi.
„Das kann natürlich sein“, meint Alex. „Aber man erzählt sich, dass ihr Vater den armen Lutgard losgeschickt hat, um gegen einen Drachen zu kämpfen. Und ihr könnt euch sicher vorstellen, wie dieser Kampf ausgegangen ist.“
„Der arme Lutgard“, seufzt Krissi. Gegen einen gefährlichen, Feuer speienden Drachen hat der einfache Stallbursche ganz bestimmt keine Chance gehabt.
„Bruni soll jedenfalls noch viele Jahre lang in ihrem Brautkleid am Fenster gewartet haben“, beendet Alex seine schaurige Erzählung. „Sogar noch viele Jahre nach ihrem Tod!“
„Wie? Was? Du meinst …?“, stottert Krissi und ahnt Schlimmes.
„Genau!“, nickt Alex wichtig. „Noch heute erscheint manchmal in Vollmondnächten eine Frau in ihrem Brautkleid an einem Fenster im ersten Stock.“
„Gräfin Brunhilde“, stößt Krissi tonlos hervor.

„Ich möchte aber betonen, dass es für diese Geschichte bestimmt keine wissenschaftlichen Beweise gibt“, über-

legt Sprosse und hofft, dass er mit dieser Vermutung Recht hat.
„Wer weiß das schon?“, fragt Alex mit gespenstischer Stimme. „Aber wenn ihr nicht an Geister glaubt, können wir ja ruhig am alten Schloss vorbeigehen, oder?“
Krissi fühlt sich gar nicht wohl in ihrer Haut. Was, wenn Bruni auch heute am Fenster steht?
Allein bei dem Gedanken daran wird ihr ganz mulmig.
„Warum eigentlich nicht?“, versucht sie möglichst tapfer zu klingen. Auf keinen Fall möchte Krissi, dass die Buben sie für einen Feigling halten.
„Es ist nur so, dass wir pünktlich zuhause sein müssen. Und Sprosse hat ja schon ausgerechnet, dass …“
„Ja, nicht dass wir zu spät kommen“, meint auch Sprosse.
„Also, ihr kneift?“, bringt Alex es auf den Punkt.
Krissi schüttelt den Kopf.
„Nein, gar nicht! Würden wir nie tun“, widerspricht Sprosse.
Alex verbeugt sich vor den beiden und zeigt ihnen mit der Hand den richtigen Weg. „Bitte schön, hier geht es entlang.“
„Hurra“, sagt Sprosse genervt. Seufzend geht er los.
Krissi bleibt ganz dicht bei ihm. „Hoffentlich ist das alles nur eine Geschichte“, flüstert Krissi und Sprosse nickt. Das hofft er auch.

4. Nichts wie weg!

Schweigend gehen Krissi und Sprosse nebeneinander her. Alex folgt den beiden mit ein bisschen Abstand. Der Wald wirkt heute irgendwie anders als sonst. Dunkler, gefährlicher, geheimnisvoller.
Da! Hat sich da etwas bewegt? Vielleicht ist es der Stallbursche Lutgard, der zu seiner Liebsten reitet. Nein, falscher Alarm!
Niemand sagt ein Wort. Nicht einmal Alex, der doch sonst immer einen frechen Spruch auf Lager hat. Krissi klammert sich an Sprosses Rucksack fest. Plötzlich knackst etwas.

„Hilfe! Ein Gespenst! Lauft!“, schreit Krissi auf und sprintet gleich los. Sprosse reißt sie mit sich. Wie von der Tarantel gestochen läuft Krissi durch den Wald.
Sprosse kann ihr kaum folgen und Alex haben die beiden längst abgehängt.
„Ich kann nicht mehr!“, jammert Sprosse und stützt sich gegen einen Baumstamm. Er atmet schwer und ringt nach Luft. „Wo … wo ist Alex?“, fragt er besorgt.
Das Gespenst wird ihn doch hoffentlich nicht …
„Alex? Aaaaalex!“
„Hier!“, tönt es schon von weitem.
Krissi fällt ihrem Cousin erleichtert um den Hals. Er ist also entkommen!
„Ich bin ja sooooo froh, dass du dich retten konntest“, jubelt sie.

„Ich glaub, mich knutscht ein Eichhörnchen“, stöhnt Alex. „Ich bin doch nur auf einen Ast getreten! Ihr seid mir ja schöne Detektive.“
Ups! Da ist die Fantasie vor lauter Gespenstergeschichten wohl mit den beiden durchgegangen.
Jetzt müssen auch Krissi und Sprosse lachen.
„Irgendwie habe ich wohl kurz vergessen, dass es gar keine Gespenster gibt“, sagt Sprosse und es klingt fast ein bisschen wie eine Entschuldigung.

Gut gelaunt gehen die drei schließlich weiter. Am Ende des Waldes liegt Schloss Fürchtenstein. Schon seit vielen, vielen Jahren wohnt dort niemand mehr. Warum, das weiß keiner so genau. Nicht einmal Sprosse!

Jedenfalls steht das Schloss schon seit Ewigkeiten leer und deshalb sieht es auch längst nicht mehr so aus wie die Schlösser, die man vielleicht aus den Märchen kennt. Aber das stört die drei Detektive nicht. Sie suchen ja auch kein Märchenschloss! Lieber möchten sie zeigen, wie mutig und schlau sie sind und jede Menge Spuren suchen.

„Wir könnten den Fall von Lutgard und Brunhilde dabei noch lösen", schlägt Krissi vor, als sie das Schloss erreichen.

„Da muss Sprosse erst einmal eine Zeitmaschine bauen", überlegt Alex.

„Also, ich weiß gar nicht, ob das so einfach geht", meint Sprosse kleinlaut und grübelt schon nach, welche Teile er dafür organisieren muss. Den Motor kann er vielleicht aus einem kaputten Staubsauger nehmen. Ein paar Keilriemen lägen in der Garage. Die könnte man bestimmt gut gebrauchen. Aus dem alten Go-Kart könnte er die Bremse ausbauen. Aber dann fehlte noch der Startknopf und überhaupt etwas, das die Zeit zurückdrehen kann. Das würde garantiert schwierig werden!

„War eigentlich auch nur ein Scherz“, stellt Alex klar.
„Kommt, wir klettern über das Tor!“
„Aber da ist doch ein ‚Betreten verboten‘-Schild“, warnt Sprosse die anderen.
Alex ist das allerdings egal.

„Mensch, Sprosse! Hier war seit Jahren kein Mensch mehr“, beruhigt er seinen Freund. „Sei nicht feig!“ Er geht leicht in die Knie und macht für Krissi eine Räuberleiter. Das sportliche Mädchen zögert keine Sekunde. Krissi stellt den rechten Fuß in Alexanders Handfläche, holt Schwung und federt geschickt nach oben. Sie kann eine Lücke im Torbogen erreichen und sich fast daran hochziehen.
Krissi macht sich ganz lang. Sie versucht, mit dem linken Fuß Halt zu finden, rutscht aber immer wieder ab.
„Ein Stückerl noch“, ruft sie.
Mit aller Kraft stemmt Alex sie nach oben.
„Gleich hab ich's!“
„Steig halt auf meine Schulter“, stöhnt Alex. „Und beeil dich ein bisschen. Du bist ziemlich schwer.“
„Nimm das sofort zurück“, zischt Krissi.
„Jetzt streck dich endlich!“
„Äh … und warum gehen wir nicht einfach durch die Tür?“, fragt Sprosse.
Das darf nicht wahr sein! Die Tür im alten Holztor ist nicht abgesperrt!
Krissi springt hinunter und Alex schüttelt erst einmal die Hände aus.
Sprosse lässt seiner Freundin den Vortritt.
Stolz schreitet Krissi durch das Tor und sieht sich um.
Die beiden Buben folgen ihr.

„Ist das herrlich“, jubelt Krissi und wirbelt über den riesigen Schlosshof. „Ich fühle mich wie eine richtige Prinzessin. Ihr auch?“
„Nö“, widerspricht Alex energisch.
„Ganz bestimmt nicht!“, erklärt Sprosse.
„Ach, ihr wisst schon, was ich meine. Das alte Schloss und so … es ist irgendwie, als würde gleich der König persönlich vor uns stehen“, meint Krissi.
„Solange nicht Brunhilde vor uns steht, ist mir alles recht“, erinnert Sprosse an die Geistergeschichte, die Alex ihnen erzählt hat.
„Ob das das Fenster ist?“, fragt Krissi und zeigt auf eine Öffnung im ersten Stock.
„Welches Fenster?“ Alex und Sprosse haben keine Ahnung, was das blonde Mädchen meint.
„Na, das Fenster, an dem Brunhilde auf ihren Lutgard gewartet hat.“
„Finden wir es heraus“, meint Alex.
Das lässt sich Krissi nicht zweimal sagen. Sie sucht schon nach einem Aufgang in den ersten Stock.
Alex hat eine enge Treppe gefunden. Es ist gruselig düster und kühl. Die Mauern sind kalt und staubig. Alex geht voraus und tastet sich an der Wand entlang.
Auf einmal schreit Krissi laut auf. Etwas hat sich in ihren Haaren verfangen.

„Das sind nur Spinnweben“, beruhigt sie Sprosse, obwohl er sich nicht ganz sicher ist.
Langsam, sehr langsam steigen die drei Detektive die Treppe hinauf.
„Müssten wir nicht längst im ersten Stock sein?“, fragt Krissi leise. Sie geht in der Mitte und klammert sich an Alex' T-Shirt.
„Keine Ahnung“, wispert Sprosse.
„Hoffentlich führt die Treppe nicht in den Kerker“, überlegt Alex.

Aber da kann Sprosse Entwarnung geben. „Der Kerker oder das Verlies, wie man auch sagt, war meistens im Keller."

Da! Schritte! Eindeutig Schritte!
„Da kommt jemand", haucht Alex.
Ganz eng drücken sich die Kinder gegen die Schlossmauer.
Krissi hält die Luft an. Bloß keine Geräusche machen, nur nicht bemerkt werden.
„Hauen wir ab!", bestimmt Alex und drängt die anderen die Treppe hinunter. Endlich wird es heller, die Schritte verstummen.
Im Schlosshof atmen die Detektive tief durch.
„Was war das?", will Krissi wissen.
„Jedenfalls kein Gespenst", sagt Sprosse aufgeregt. „Gespenster machen keine Geräusche!"
Das beruhigt Krissi ein wenig. Doch plötzlich ertönt ein lautes Brummen.
Erschrocken schauen die Kinder einander an. Was ist denn da los?
„Schaut nur! Da … da … am Fe…Fenster", stottert Sprosse und deutet nach oben.
„Bruni!", stößt Krissi entsetzt hervor. „Lauft! Lauft weg!"
Alex und Sprosse zögern keine Sekunde. Sie nehmen

Krissi an der Hand und laufen so schnell sie können. Kein einziges Mal schauen sie sich um. Sie wollen weg, einfach nur weg.
Ohne stehen zu bleiben, laufen die drei bis zum Haus von Krissis Familie. Ihr Papa schneidet gerade die Hecke, als die Detektive im Höllentempo um die Ecke biegen.

„Na, spielt ihr auch schön?“, fragt er neugierig. Endlich bremsen die Kinder ab. Sprosse lässt sich auf die Gartenbank fallen, Alex setzt sich schnaufend daneben und Krissi kniet sich erschöpft in das Gras. „Was ist denn mit euch los?“, wundert sich ihr Papa. „Ihr seht ja aus, als hättet ihr ein Gespenst gesehen!“

5. Spuk auf Schloss Fürchtenstein

„Habt ihr auch gesehen, was ich gesehen habe?“, fragt Alex, als er sich wieder ein bisschen gefangen hat.
„Jap!“, keucht Krissi. „Das war die Bruni. Ich bin mir absolut und hundert pro sicher. Sie hatte noch das Brautkleid an und hat Ausschau nach dem Lutgard gehalten.“
Genau das denkt Alex auch. Doch woher kam nur dieses seltsame Brummen?
„Irgendwas stimmt da nicht!“
Sprosse ist von der Geistergeschichte gar nicht mehr überzeugt. „Gut, wir haben eine weiße Gestalt am Fenster gesehen. Aber das muss noch lange kein Geist gewesen sein! Denkt doch mal nach, ein Gespenst am helllichten Tag – das passt einfach nicht zusammen!“
Das sieht Alex auch so. Am liebsten würde er sofort wieder zum Schloss zurücklaufen und sich dort ganz genau umsehen. Es muss eine logische Erklärung geben. Und bestimmt eine menschliche!
Das kommt für Krissi ganz und gar nicht in Frage. Erstens wird es langsam dunkel. Zweitens ist dann alles noch unheimlicher. Und drittens hat sie für heute eindeutig genug von Abenteuern.
„Was haltet ihr davon, wenn wir erst einmal herausfinden, wem das Schloss gehört?“, schlägt sie vor. Ohne die Antwort der Buben abzuwarten, ruft Krissi auch schon:

„Du, Papa, was weißt du über Schloss Fürchtenstein?“
Ihr Papa legt die Heckenschere beiseite. „Über Schloss Fürchtenstein?“, wiederholt er. Darüber weiß Krissis Vater eine ganze Menge. Als Kinder haben Inspektor Schnüffel, er selbst und ein paar Freunde oft im Schlosshof gespielt. Damals gab es noch kein „Betreten verboten“-Schild, das Tor stand meistens offen und im Sommer wurden sogar Feste für die Dorfbewohner veranstaltet.
„Und was ist dann passiert?“, will Alex wissen.

„Naja, vor ungefähr 30 Jahren hat jemand das Schloss gekauft!“, erzählt Krissis Vater.
Interessant. Die drei Freunde nicken einander zu. Das könnte eine erste heiße Spur sein.
„Aber wer das ist, weiß ich nicht“, erklärt Krissis Papa.
„Dann müssen wir das selbst herausfinden!“, flüstert

Alex seinen Detektivkollegen zu. Er borgt sich Sprosses Handy und wählt die Nummer des Inspektors.

„Detektivbüro Schnüffel“, meldet sich der Ermittler.
„Hallo, Inspektor.“
„Alex? Wartet ihr denn noch immer auf mich? Ich habe Sprosse schon gesagt, dass ...“
„Nein, nein! Aber wir haben doch diesen Detektivklub gegründet und da brauchen wir deine Hilfe“, erklärt Alex.
„Ja, gern“, meint Schnüffel. „Nur habe ich im Moment überhaupt keine Zeit, tut mir wirklich leid. Und dann muss ich Sprosse auch noch bei irgendeinem Aufsatz helfen. Fangt doch einfach schon mal ohne mich an.“
„Ohne dich?“, fragt Alex wenig begeistert. „Und was machen wir zuerst?“
„Am besten überlegt ihr euch erst einmal einen Namen“, schlägt der Inspektor vor.
„Und dann?“
„Dann sucht ihr eure Ausrüstung zusammen. Lupe, Taschenlampe, Notizblock und Stift, Pinzette und was eben so dazugehört“, erwidert Schnüffel ungeduldig. „Du, ich muss jetzt wirklich auflegen! Aber sobald ich diese Geldfälscherbande geschnappt habe, kümmere ich mich um deinen Aufsatz und helfe Sprosse bei seinem Klub. Alles klar? Tschüss!“

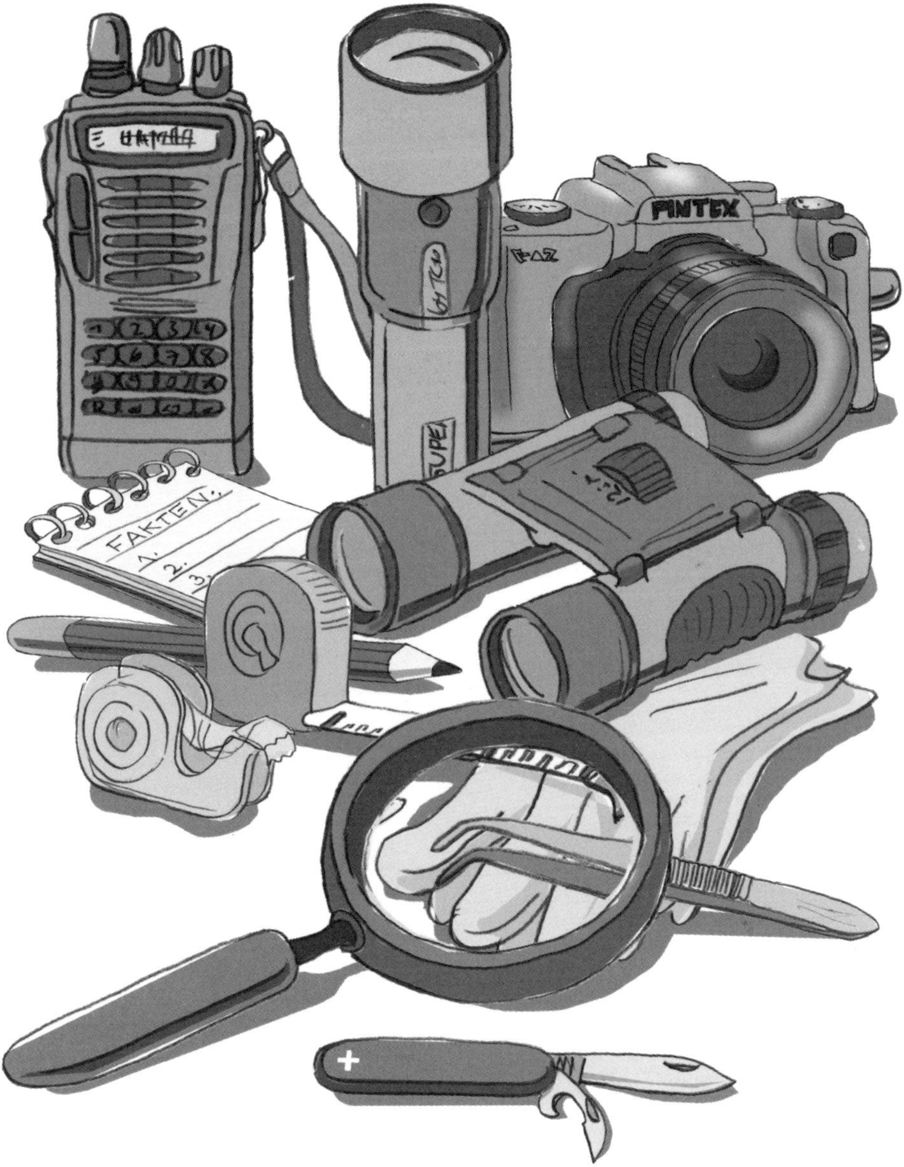
PINTEX
FAKTEN.
1.
2.
3.

„Fehlanzeige", berichtet Alex enttäuscht. „Er jagt gerade eine Geldfälscherbande. Wir sollen uns einen Namen überlegen und uns eine Detektivausrüstung zulegen. Also, ich bin für ‚Alex und die zwei Detektive'! Hat jemand etwas dagegen?"
Das haben die beiden anderen allerdings. Krissi schlägt „Die Detektivprinzessinnen" vor. Das wird von den Buben aber abgelehnt. Auch Sprosses Vorschlag kommt nicht wirklich gut an. Also wird der Klub nicht „Die intelligenten Spuren-Such-und-Auswertungs-Agenten" heißen.
„Das kann sich ja kein Mensch merken. Wie wäre es mit ‚Die drei Doppelpunkte'?", überlegt Alex. „Die drei Fragezeichen und die drei Rufzeichen sind ja schon vergeben."
Krissi stimmt für „Die Sportskanonen" und Sprosse ist für „Klub der Beweisfinder".
Schließlich verschieben die drei Detektive die Entscheidung auf morgen.
Morgen ist sowieso ein guter Tag. Es ist Samstag und die Kinder beschließen, Inspektor Schnüffel gleich in der Früh einen Besuch abzustatten.
„Da muss er sich einfach Zeit für uns nehmen", ist sich Alex sicher.

Sprosse und er machen sich auf den Heimweg. Krissi nimmt noch ein heißes Bad. Dann legt sie sich ins Bett und schreibt in ihr Tagebuch. Die Gespenstergeschichte lässt sie lieber weg. Und die seltsamen Geräusche und die Gestalt am Fenster auch.

Aber sie schreibt groß auf:

6. Alex, der Gespensterjäger

„Der Herr Inspektor ist nicht zuhause“, ruft Frau Pospischil über den Gartenzaun. „Und ich hoffe sehr, dass er nicht losgefahren ist, um den Affen zu holen.“
„Er ist nicht zuhause?“, wundert sich Sprosse und schaut auf seine Armbanduhr. Samstag, 7:55 Uhr, und Schnüffel soll schon unterwegs sein? Das klingt gar nicht nach dem Inspektor.
„Sind Sie sicher?“
„Natürlich bin ich sicher! Ich habe um halb sieben die Zeitung geholt und da ist er gerade losgefahren“, bestätigt Frau Pospischil. „Jetzt werdet ihr bestimmt einsehen, dass ein Affe nichts ist für euren Onkel. Um diese Uhrzeit findet man samstags weit und breit kein Kindermädchen, also – äh – Affenmädchen. Ich weiß gar nicht, wie er sich das vorstellt.“

„Na, super. Dann kann uns der Inspektor wieder nichts über Schloss Fürchtenstein erzählen“, ist Krissi sauer.
„Schloss … Schloss Fürchtenstein?“, fragt Frau Pospischil neugierig.
Die Kinder nicken.
„Was wollt ihr denn über Schloss Fürchtenstein wissen?“
Sprosse wittert seine Chance. „Ich mache ein Referat

über das Schloss. Können Sie uns etwas darüber erzählen?“
Frau Pospischil zögert kurz. „Wenn ihr dafür eurem Onkel die Sache mit dem Affen ausredet, erzähle ich euch alles, was ich weiß.“
Krissi und Sprosse sind sofort einverstanden.

„Sollen wir nicht zuerst abwarten, ob ihre Informationen gut sind?“, flüstert Alex seinen Freunden zu.
Aber da sagt Krissi schon: „Abgemacht!“
Schnüffels Nachbarin strahlt. Den Affen dürfte sie also los sein.
Dankbar beginnt sie zu erzählen, dass sie selbst früher, also viel, viel früher auf Schloss Fürchtenstein gelebt hat.
„Waren Sie eine Prinzessin?“, staunt Krissi. Irgendwie hat sie sich Prinzessinnen immer ein bisschen anders vorgestellt. Mit schönen Kleidern, einer goldenen Kutsche und einer riesigen Krone auf dem Kopf. Aber Frau Pospischil trägt ein altes Tuch und eine Schürze über ihrem Kleid mit Rüschenkragen. Kutsche hat sie auch keine. Stattdessen fährt sie auf einem klapprigen Fahrrad, das nicht einmal golden ist.
„Ich bin doch keine Prinzessin“, lacht Frau Pospischil.
Alex grinst. Das war ihm sowieso klar.
„Meine Eltern haben im Schloss gearbeitet und deshalb hatten wir dort eine kleine Wohnung, als ich noch ein Kind war“, erklärt Schnüffels Nachbarin.
Zehn Jahre oder ein bisschen länger habe die Familie im Schloss gelebt, berichtet Frau Pospischil.
Und irgendwann sind die Pospischils dann in ein Einfamilienhaus umgezogen, weil das Schloss verkauft worden ist. Der neue Besitzer wollte ein

SCHLOSS
ZU
VERKAUFEN
00179258111

FOR SALE
ZU VERKAUFEN
TEL: 017698400

Museum einrichten und Führungen für Touristen anbieten. Sogar Hochzeiten und große Feste hätte es dort geben sollen. Nur kam es nie dazu, denn dem Schlossherrn sei das Geld ausgegangen. Dabei wäre noch so viel zu erneuern gewesen.

So reichte es gerade mal für lustige Veranstaltungen im Schlosshof und die Kinder, ja, die Kinder liebten das Schloss.

„Das war damals ein richtiger Abenteuerspielplatz und ein Treffpunkt für Jung und Alt“, erinnert sich Frau Pospischil. Und das wäre das Schloss vielleicht heute noch. „Naja, was soll ich sagen? Geld kam halt keines herein und irgendwann musste Schloss Fürchtenstein leider verkauft werden. Das muss jetzt um die dreißig Jahre her sein“, bedauert Schnüffels Nachbarin.

Ein reicher Amerikaner war es, das wisse sie noch ganz genau. Ein Amerikaner, der versprochen habe, dass sich nichts an Schloss Fürchtenstein ändern würde.

„Gehalten hat er sich nicht daran“, meint Frau Pospischil. „Kaum waren die Verträge unterschrieben, wurde alles abgesperrt und der Zutritt war streng verboten. Wir haben ja alle gedacht, dass er einen Umbau plant und es dann wieder eine große Eröffnung geben wird.“

Doch so war es nicht. Nach ein paar kurzen Besuchen

interessierte sich der neue Besitzer einfach nicht mehr für das alte Schloss. Seitdem stehe es leer.
„Irgendwie schade“, sagt Krissi.
Das ist es wirklich. Auch Frau Pospischil seufzt.

„Haben Sie das Schlossgespenst gesehen?“, fragt Alex neugierig.
„Du meinst Gräfin Brunhilde?“
Die Kinder nicken.
„Natürlich kenne ich die Geschichte von Brunhilde und Lutgard. Aber gesehen habe ich die beiden noch nie!“, erklärt Frau Pospischil.
Alex ist ein bisschen enttäuscht. Er liebt Gespenstergeschichten und hätte in der Schule gern damit angegeben, dass er in den Ferien in einem echten Spukschloss war.
„Sind Sie sicher? Vielleicht haben Sie ja etwas gehört oder Spuren gefunden“, hakt er noch einmal nach.
„Ja genau, vielleicht haben die Gespenster Fußabdrücke hinterlassen“, grinst Sprosse.
Frau Pospischil ist aber ganz sicher. Sie hat nichts gesehen, nichts gehört und auch bestimmt nichts gefunden.
„Wir haben fast zehn Jahre auf Schloss Fürchtenstein gewohnt. Wenn es dort spukt, würde ich es wissen“, meint Frau Pospischil.

Was für ein Pech. Dabei hat Alex sich schon so eine tolle Geschichte für seine Klassenkameraden überlegt. Dass die gute Bruni wieder am Fenster gestanden hat, hätte er ihnen erzählt. Und dass er dann ein Pferd gehört hat auf dem Lutgard angaloppiert gekommen ist. Lutgard habe ihn angegriffen, weil er dachte, dass Alex Bruni entführen wollte. Ein kurzer Kampf – natürlich ganz ausführlich und spannend erzählt –, ein paar geschickte Haken, wuchtige Schläge und schon hätte sich Lutgard ergeben. Netterweise habe Alex ihn verschont und ihm sogar den Weg zu seiner Bruni gezeigt. Die beiden könnten nun in Ruhe heiraten und die nächsten zwei-, drei-, vierhundert Jahre glücklich und zufrieden zusammenleben. Aber jetzt ist die ganze schöne Gruselgeschichte im Eimer. Alex, der Geisterjäger. Alex, der Geisterretter. Alex, der Geisterverkuppler. Wie das schon klingt.

Ein Held wäre er gewesen. Alex, der gegen Geister kämpft und siegt. Das könnte man glatt auf eine Visitenkarte schreiben. Nur glaubt das natürlich kein Mensch, wenn Frau Pospischil erzählt, dass es auf Schloss Fürchtenstein gar keine Gespenster gibt.

„Denken Sie genau nach“, versucht Alex sie noch einmal umzustimmen. „Vielleicht spukt es wenigstens ein ganz kleines bisschen.“

„So wahr ich Resi Pospischil heiße: Auf Schloss Fürchtenstein gibt es keine Geister! Es spukt nicht viel, nicht wenig und nicht einmal ein bisschen“, ist sich Frau Pospischil absolut sicher. „Obwohl … wenn ich es mir recht überlege.“

7. Endlich ein Fall!

„Jaaaaa?“, fragt Alex nach und hofft, dass Frau Pospischil sich vielleicht doch an ein Gespenst erinnern kann. Wenigstens an ein ganz kleines Gespensterchen.
„Also, in der letzten Zeit …“, sagt Frau Pospischil geheimnisvoll. „In der letzten Zeit hört man seltsame Geräusche auf Schloss Fürchtenstein. Ein Brummen, ein Zischen, manchmal ein Klappern.“
Krissi nickt ängstlich. Das kommt ihr bekannt vor. Gestern hat es auch gebrummt, gezischt und geklappert.
„Als ich heute Morgen in der Bäckerei frische Semmeln geholt habe, hat die Grabnerin gerade mit dem alten Hofmann über die seltsamen Geräusche geredet“, berichtet Frau Pospischil.
Die Grabnerin, die eigentlich Frau Grabner heißt, wohnt ganz in der Nähe des Schlosses. In der Bäckerei hat sie dem alten Hofmann lang und breit erzählt, dass da etwas nicht mit rechten Dingen zugeht. Den alten Hofmann hat das nicht wirklich interessiert.
„Oder er hört einfach schlecht“, überlegt Frau Pospischil. „Seine Tochter hat mir vor kurzem erst erzählt, dass er dringend ein Hörgerät braucht. Aber das sieht der Hofmann überhaupt nicht ein. Ach, ihr wisst ja, wie alte Leute sind!“
Wieder nickt Krissi, obwohl sie keine Ahnung davon

hat. Und warum der alte Hofmann kein Hörgerät möchte, versteht sie überhaupt nicht.
„Hat Herr Hofmann die Geräusche auch gehört?“, bohrt Alex nach.
Frau Pospischil schüttelt den Kopf. „Ach, Kindchen! Ich habe dir doch gerade erzählt, dass der Hofmann schlecht hört. Aber die Grabnerin hat gesagt, dass die anderen Nachbarn sich auch schon über die Geräusche gewundert haben.“

„Und warum ruft niemand die Polizei?“, erkundigt sich Sprosse.
„Das hat die Grabnerin ja gemacht“, behauptet Frau Pospischil schnippisch „Nur ist die Polizei nicht zuständig für komische Geräusche, die nette alte Damen hören. Die haben anscheinend Wichtigeres zu tun. Deshalb habe ich auch gar nicht erst gemeldet, dass euer Onkel diesen Affen kaufen wollte. Obwohl ich kurz davor war, das kann ich euch sagen. Aber dafür hätten sie bestimmt auch keine Zeit gehabt. Die Welt steht nicht mehr lang, sag ich euch.“
„Dann übernehmen wir diesen Fall, Frau Pospischil“, ruft Alex begeistert.
„Fall? Ich dachte, ihr arbeitet an einem Referat?“, wundert sich Schnüffels Nachbarin.
„Oh, das tun wir auch“, sagt Sprosse. „Aber nebenbei sind wir Detektive und haben eine Bande gegründet. Wir haben noch keinen Namen, aber der Spuk auf Schloss Fürchtenstein könnte unser …“
„Himmel! Ich hab noch einen Kuchen im Ofen“, schreit Frau Pospischil entsetzt auf und läuft zurück ins Haus.
„Denkt ihr auch, was ich denke?“, fragt Alex seine Detektivkollegen.
„Klar“, grinst Krissi. „Der Kuchen ist hundert pro total verbrannt.“
„Mensch, Krissi“, lacht Alex. „Der Kuchen ist mir so was

von schnurzpiepegal. Wir werden herausfinden, was auf Schloss Fürchtenstein vor sich geht."
„Äh, werden wir das?", meldet sich Sprosse.
„Na, logo! Ehrensache! Immerhin sind wir Detektive", erklärt Alex. „Und ich habe schon einen Plan."

Alex' Baumhaus ist das neue Hauptquartier der drei Ermittler. Dort wird fleißig beraten und überlegt. Schließlich sind sich Alex, Krissi und Sprosse einig. In der Nacht werden sie sich auf die Lauer legen und das Schloss genau beobachten.
„Wir schlafen heute im Baumhaus", informieren die Kinder ihre Eltern. Dass sie auch etwas anderes vorhaben als Pyjamaparty, Popcorn und Polsterschlacht, sagen sie nicht. Das ist wohl auch besser so.
„Eltern sind echte Spaßbremsen", meint Alex und die anderen stimmen ihm zu. Von Abenteuern, Fällen und Gespensterjagden halten die meisten Mamas und Papas leider nicht allzu viel.
Beladen mit Pölstern, Decken und Stofftieren erklimmen die Detektive die Leiter zu ihrem Nachtlager.
„Wie aufregend", freut sich Krissi. „Das muss ich gleich in mein Tagebuch schreiben."
Alex grinst. Typisch Mädchen.
„Ich auch", meint Sprosse und holt tatsächlich ein kleines Büchlein aus seinem Rucksack.

„Geschrieben wird später“, kommandiert Alex. Das Tagebuch kann warten.
Als es dunkel ist und die Lichter im Haus von Alex’ Eltern ausgehen, wird es spannend.
Sprosse hat seinen Rucksack ausgeleert und die Detektivausrüstung eingepackt.
„Haben wir alles?“, fragt Krissi.
Sprosse nickt.
„Handy?“, überprüft Alex.
„Check“, bestätigt Sprosse.
Kugelschreiber? Check. Notizblock? Check. Lupe? Check. Taschenlampen? Check. Kamera?
Am Handy, also check!

Leise schleichen drei in Schwarz gekleidete Gestalten Richtung Schloss.
Im Wald bleiben Krissi, Sprosse und Alex ganz dicht beieinander. Ein wenig unheimlich ist es schon. Sogar Alex ist es ein bisschen mulmig zumute.
Der Vollmond leuchtet hoch am Himmel. Von irgendwoher ruft ein Käuzchen. Huh, huhuh, huh. Krissi zuckt erschrocken zusammen.

„Nur keine Panik. Das war ein Uhu“, beruhigt sie Alex flüsternd.
„Wahrscheinlich war es eher ein Waldkauz“, berichtigt ihn Sprosse. „Beim männlichen Uhu klingt der Ruf mehr nach ‚buho‘ und ist bis zu einem Kilometer weit zu hören. Das bekannte ‚u-hu‘ hingegen kommt vom Weibchen und …“
„Eigentlich ist es vollkommen wurscht“, zischt Alex und leuchtet Sprosse mit der Taschenlampe ins Gesicht. „Wir sind keine Vogelstimmenforscher, sondern Detektive.“
„Ich wollte nur helfen“, erwidert Sprosse und verschränkt beleidigt die Arme vor seiner Brust.
Alex tippt sich mit dem Finger gegen die Stirn.
„Können wir jetzt BITTE weitergehen?“, fragt Krissi genervt.

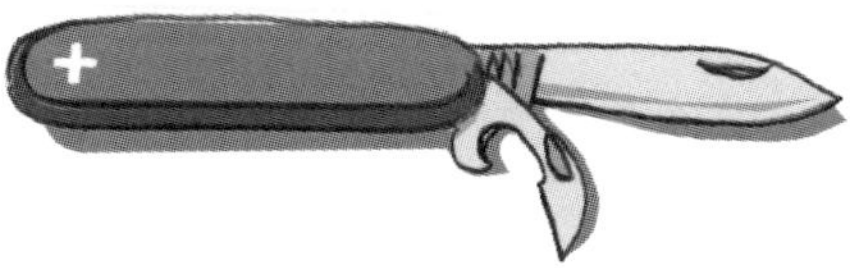

8. Detektive auf der Lauer

Zehn Minuten später sind die drei Detektive in der Nähe des Schlosses.
„Da drüber wohnt die Grabnerin“, erklärt Alex und hält seine Taschenlampe so, dass die beiden anderen Detektive erkennen können, welches Haus er meint.
„Wirklich nicht weit vom Schloss entfernt“, stellt Sprosse fest. „Kein Wunder, dass sie die Geräusche gehört hat. Wir sollten die anderen Nachbarn auch befragen.“

„Die schlafen doch bestimmt schon alle“, meint Krissi.
„Ich wollte sie auch erst morgen befragen“, flüstert Sprosse zurück.
„Jetzt gehen wir erst einmal eine Runde um das Schloss“, schlägt Alex vor.
Er leuchtet mit seiner Taschenlampe gegen die Mauer, die das Schloss umgibt. Während sie gehen, streift Alex mit einer Hand über die Steine. Nach dem Rundgang ist klar, dass es nur einen einzigen Zugang zum Schloss gibt: die Tür im großen Holztor.

„Das Schild ist neu“, bemerkt Sprosse.
„Gestern stand noch ‚Betreten verboten‘ darauf, heute ‚Betreten strengstens verboten‘.“
Krissi greift nach der metallenen Türklinke und drückt sie nach unten.
Abgeschlossen!
Alex schielt durch das Schlüsselloch. „Komisch. Da steht etwas vor der Tür. Ein Tisch oder so.“
Mit ganzer Kraft stemmt Alex sich gegen die Tür und versucht, sie aufzudrücken. Krissi und Sprosse helfen mit. Die Tür gibt ein paar Zentimeter nach. Dann geht nichts mehr.
„Keine Chance“, stöhnt Krissi.
„Es muss noch einen anderen Weg ins Schloss geben“, überlegt Sprosse. „Ich denke da an Geheimgänge oder unterirdische Tunnel. Das war früher durchaus üblich. So konnte man das Schloss unauffällig verlassen oder eben auch wieder zurückkommen. Und natürlich konnte man sich so vor Feinden in Sicherheit bringen oder wertvolle Gegenstände verstecken.“
„Dumm nur, dass es keinen Wegweiser gibt oder ein Schild mit ‚Achtung Geheimgang‘“, sagt Alex.
Sprosse schüttelt verwundert den Kopf. „Dann wäre es ja auch nicht mehr geheim“, antwortet er.

„Pst! Da kommt jemand“, zischt Krissi. Blitzschnell

schalten die Detektive ihre Taschenlampen aus und gehen hinter einem großen Busch in Deckung.
Über den Schlosshof hallen Schritte, die immer schneller werden. Plötzlich ertönt ein dumpfer Knall.
„Au! Verdammt noch einmal!“, ruft jemand.
Die Detektive ducken sich und machen sich so klein wie möglich.

Auf einmal brummt etwas laut, dann zischt und rattert es.
„Lasst uns abhauen“, flüstert Krissi.
„Niemals!“, wispern Alex und Sprosse. Sie sind fest entschlossen herauszufinden, was auf Schloss Fürchtenstein vor sich geht.
Die Geräusche werden lauter und lauter.
In Frau Grabners Haus geht das Licht an.
„Bleibt ihr hier“, sagt Alex leise.
„Was hast du vor?“, will Sprosse wissen.
Doch Alex hat keine Zeit für lange Erklärungen. Er bückt sich und läuft zum Schloss. Im Schatten der Mauer schleicht er zur Tür und presst sein Ohr dagegen.
Da spricht jemand. Wer kann das nur sein?
Alex konzentriert sich.
Aber er kann nur ein paar Wörter aufschnappen. „Kinder … neugierig … Vorstellung … verschärfen“, hört er.
Was hat das bloß zu bedeuten?

„Brunhilde! Meine geliebte Brunhiiiiilde“, dröhnt es.
Und dann: „Ich bin es, dein Lutgard!“
Ein Pferd wiehert und schnaubt. Wie versteinert steht Alex da und kann gar nicht glauben, was da gerade passiert. Er hört, wie das Pferd wild galoppiert.
Hinter ihm quietscht Krissi erschrocken auf.

Sprosse läuft auf Alex zu und verpasst ihm einen kräftigen Schubs. „In Deckung", ruft er.
Unsanft landet Alex auf dem Boden. Sprosse bringt sich mit einem Hechtsprung in Sicherheit. Krissi liegt nun auch auf dem Boden und hält sich schützend die Hände über den Kopf. Das Schnauben wird lauter und das Pferd kommt immer näher und näher.
„Bruuuunhiiiilde!", schallt es noch einmal durch die Nacht.
Dann ist es plötzlich ruhig. Gespannt lauschen die Kinder. Kein Galopp, kein Wiehern, kein Brummen, Zischen oder Rasseln. Es ist gespenstisch still.
Alex hört, wie Krissi schwer atmet.
„Ist … ist es vorbei?", fragt sie ängstlich.
„Ich denke schon", meint Sprosse und hebt vorsichtig den Kopf.
Alex tastet nach seiner Taschenlampe. Er drückt den Knopf und leuchtet auf seine Füße.
„Mist! Ich bin in Brennnesseln gelandet", jammert er und kratzt sich.
„Mich juckt es auch", erklärt Krissi und fasst an ihren Hosenbund. „Nanu, was ist das denn?"
Alex hält die Taschenlampe in Krissis Richtung.
„Ein Zwanzig-Euro-Schein?", wundert sich Krissi. „Wo kommt der denn her?"
„Vielleicht hattest du ihn eingesteckt?", vermutet

Sprosse. Doch das kann nicht sein. Krissi hat nämlich gar keine Hosentaschen.
„Na, dann hat ihn jemand verloren. Freu dich, heute ist dein Glückstag“, lacht Alex.
Glückstag? Das soll ein Glückstag sein? Seltsame Geräusche, die Rufe eines verliebten Gespenstes und dann liegt sie auch noch mitten in der Nacht auf dem Boden und ist bestimmt von oben bis unten schmutzig.
„Ja, muss wohl so sein“, knurrt Krissi und verstaut den Geldschein in Sprosses Rucksack. „Gib mir mal das Handy“, sagt sie. Krissi hat beschlossen, den Inspektor anzurufen. Er soll herkommen. Jetzt und sofort! Er ist der Detektiv und nicht sie.
„Hör zu, Krissi, das war kein Gespenst“, ist sich Sprosse ganz sicher.
„So? Und was dann, bitte schön!?“, fragt Krissi patzig.
„Kommt es dir nicht auch komisch vor, dass der Tisch die Tür blockiert?“, überlegt Sprosse. „Warum wurde nicht einfach abgeschlossen, wenn Besucher nicht erwünscht sind?“
„Genau!“, bestätigt Alex. „Und hast du schon einmal von einem Gespenst gehört, das ‚Au‘ ruft, wenn es sich an etwas stößt?“
Krissi schüttelt den Kopf.
„Aber ich habe auch noch nicht von Gespenstern gehört, die nicht ‚Au‘ rufen“, gesteht sie ein bisschen weinerlich.

„Ich sage dir, ich bin absolut sicher, dass wir es hier nicht mit Gespenstern zu tun haben", meint Sprosse. Tapfer nickt Krissi. Sie steckt das Handy zurück in den Rucksack. „Und wie geht es jetzt weiter?", erkundigt sie sich vorsichtig.

Plötzlich taucht eine lange, dunkle Gestalt im Schein der Taschenlampen auf. „Hab ich euch endlich erwischt", ruft eine düstere Stimme.

9. Erwischt!

Erschrocken drehen sich die Detektive um.
„Frau … Frau Grabner?“, fragt Alex verwirrt.
„Kinder?“
Auch Frau Grabner ist verwundert. Die drei hätte sie nicht erwartet.
„Was um alles in der Welt macht ihr denn hier?“, will Frau Grabner wissen. „Habt ihr etwa diese Geräusche gemacht? Also Alex, ich weiß ja, dass du ein Lausbub

bist, aber das hätte ich dir nicht zugetraut. Ihr habt mich zu Tode erschreckt."

„Sie uns auch", gesteht Krissi. Einen Moment lang hat sie ernsthaft gedacht, dass Gräfin Brunhilde vor ihr steht.

„Das waren wir nicht", verteidigt sich Alex. „Wirklich nicht, Frau Grabner. Wir liegen hier auf der Lauer, weil wir herausfinden wollen, woher die merkwürdigen Geräusche kommen!"

„Wir sind nämlich Detektive", fügt Sprosse erklärend hinzu. „Wir haben einen Detektivklub gegründet. Ein Name fehlt uns noch, aber wir sind schon einmal im Einsatz."

„Und eure Eltern wissen, dass ihr um diese Uhrzeit hier auf Verbrecherjagd geht?", erkundigt sich Frau Grabner und schaut auf ihre Armbanduhr. Mittlerweile ist es kurz nach 23 Uhr.

„Nun ja … also, äh … nicht direkt", stammelt Sprosse.

„Es könnte sein, dass sie glauben, dass wir in unserem Baumhaus schlafen", gibt Krissi zu.

Frau Grabner fährt die drei Detektive nach Hause.

„Können Sie uns noch etwas sagen, das wichtig für unsere Ermittlungen sein könnte?", forscht Sprosse nach, bevor die Kinder aus dem Auto steigen.

„Ich glaube nicht", zögert Frau Grabner. „Seit knapp

zwei Wochen sind diese Geräusche nachts zu hören. Es brummt, es zischt und knattert. Wir haben schon die Polizei angerufen."
„Und?", will Krissi wissen.
„Am nächsten Morgen sind sie gekommen und haben alles kontrolliert", berichtet Frau Grabner. „Gefunden haben sie nichts. Sie haben gesagt, es war bestimmt nur ein dummer Streich. Seitdem hat sich nichts mehr getan. Anscheinend hat unsere Polizei Wichtigeres zu tun."
Die Kinder nicken. Das kann gut möglich sein.
Inspektor Schnüffel zum Beispiel jagt gerade eine Geldfälscherbande.
„Das Problem kenne ich", meint Krissi verständnisvoll. „Unser Onkel hat nicht einmal Zeit, uns bei unserem Detektivklub zu helfen."
Frau Grabner lacht. „Nicht? Na, dann kann ich natürlich nicht erwarten, dass er herausfindet, woher der Lärm kommt."
„Äh, eine Frage hätte ich noch. Hört man diese Geräusche denn auch tagsüber?", will Sprosse wissen.
„Nein, nie! Erst wenn es dunkel ist und keine Spaziergänger mehr unterwegs sind, geht es los", sagt Frau Grabner.
Interessant! Sehr interessant!
Die drei Detektive verabschieden sich und schleichen zurück ins Baumhaus. Anscheinend hat niemand be-

merkt, dass sie nicht da waren. Krissi kuschelt sich unter ihre Decke. „Hoffentlich träume ich heute nicht von Bruni und Lutgard“, gähnt sie müde.

Am nächsten Morgen werden die Abenteurer unsanft geweckt.
„Frühstück", brüllt Leonie, Alex' kleine Schwester.
Erschrocken setzt Sprosse sich auf und sucht hektisch nach seiner Brille.
„Noch fünf Minuten, Mami", nuschelt Krissi und dreht sich noch einmal um. Sie klammert sich an ihr Stoffschaf und zieht die Decke über den Kopf.
Nur Alex schnarcht friedlich vor sich hin. Bei drei jüngeren Schwestern ist er morgendlichen Lärm anscheinend gewöhnt.
So schnell gibt Leonie aber nicht auf.
„Frühstück!", schreit sie so laut, dass fast das Baumhaus wackelt. „Und Mama hat gesagt, wer zu spät kommt, kriegt das, was übrig bleibt!"
Das hilft. Endlich streckt sich auch Alex.
Schläfrig klettern die drei Kinder die Leiter hinunter und setzen sich an den Frühstückstisch.
Krissi stützt sich mit dem Ellbogen auf und lehnt ihren Kopf gegen die Hand. Sprosse beißt einen Bissen von seinem Butterbrot ab und vergisst glatt weiterzukauen.
Alex rührt lustlos in seinem Kakao herum.
„Mama, der Alex hat mich bös angeschaut", jammert Leonie und heult los, dass man meinen könnte, dass die Feuerwehr zum Einsatz gerufen wird.
„Alex, musst du deine Schwester immer ärgern?", seufzt

seine Mama und stellt die Marmelade auf den Tisch. Ausnahmsweise verzichtet Alex darauf zu widersprechen. Er ist viel zu müde.

„Wenn man euch so anschaut, könnte man denken, ihr wart die halbe Nacht unterwegs", lacht seine Mutter.

Wenn sie wüsste, wie recht sie damit hat!

„Übrigens, Krissis Papa hat mir erzählt, dass ihr ihn über Schloss Fürchtenstein ausgefragt habt", sagt sie ernst.

Plötzlich sind die Detektive hellwach.

„Ja???"

„Also, ich möchte nicht, dass ihr da hingeht", erklärt Alex' Mama. „Die Leute im Dorf sagen, dass es dort nicht mit rechten Dingen zugeht. Ich glaube zwar nicht an Gespenster, aber mir ist es lieber, ihr spielt woanders."

„Ja, logo", meint Alex und überkreuzt schnell die Finger.

So leid es ihm auch tut, aber das kann er seiner Mama nun wirklich nicht versprechen.

10. Ein seltsamer Zufall

Nach dem Frühstück versucht Krissi noch einmal, den Inspektor zu erreichen. Die Kinder wollen ihm unbedingt erzählen, was sie auf Schloss Fürchtenstein beobachtet haben.

„Detektivbüro Schnüffel“, meldet er sich, seine Stimme klingt auch ein wenig müde.

„Servus, ich bin es, die Krissi! Du, Inspektor, wir waren gestern auf Schloss Fürchtenstein und da …“

„Auf Schloss Fürchtenstein? Solltet ihr nicht an eurem Aufsatz arbeiten?“, wundert sich der Inspektor.

Krissi schüttelt erstaunt den Kopf. Von einem Aufsatz weiß sie nichts.

„Aber wir haben doch Ferien“, kichert sie. „Und einen Fall haben wir auch schon! Wir haben ja einen Detektivklub gegründet …“

„Nur der Name fehlt uns noch“, schreit Sprosse, der neben Krissi steht.

„Pst!“, zischt Krissi. „Jedenfalls waren wir auf Schloss Fürchtenstein und stell dir vor, Inspektor, da passieren ganz merkwürdige Sachen.“

„Ja, schön“, antwortet Schnüffel. „Das freut mich. Du, können wir ein anderes Mal darüber reden? Ich bin der Geldfälscherbande schon dicht auf den Fersen. Es kann sich nur noch um ein paar Tage handeln. Oder ein paar

Wochen. Und dann kannst du mir alles über Schloss Fürchtenstein erzählen, ja?"
„Aber hör doch mal, Inspektor", lässt Krissi sich nicht so leicht abwimmeln. „Wir haben uns auf die Lauer gelegt und die Nachbarn haben wir auch schon befragt. In der Nacht brummt und zischt es. Und total unheimlich war es auch."
„Das klingt ja superspannend. Da bekommst du sicher einen Einser auf deinen Aufsatz", sagt der Inspektor.
„Aber … aber … wir haben doch auch einen Zwanzig-Euro-Schein gefunden", versucht Krissi es noch einmal.
„Ja, dir auch. Tschüss", hört sie den Inspektor noch sagen. Dann legt er auf.

Ratlos zuckt Krissi mit den Schultern. Dann müssen die drei Detektive den Fall wohl ohne Schnüffel lösen. Sprosse schnappt sich seinen Rucksack und schon machen sich die Kinder auf den Weg.
Bei Tageslicht sieht das Schloss längst nicht mehr so furchterregend aus. Vielleicht gibt es doch eine ganz harmlose Erklärung für die seltsamen Geräusche, die jede Nacht erklingen.
Vor dem Schloss kramt Sprosse im Rucksack und zieht den Geldschein, den Krissi gefunden hat, heraus. Mit der Lupe untersucht er ihn ganz genau. „Scheint echt zu sein. Vielleicht hat ihn ein Jogger verloren", meint er.

Alex macht mit seinem Handy ein Foto der Banknote und schickt es mit dem Text „Haben wir gefunden! Überprüfen das Schloss!“ an Schnüffel. Vielleicht fällt dem Inspektor etwas auf.
„Wir gehen rein“, beschließt Alex.
Diesmal ist die Tür nicht abgeschlossen. Sprosse öffnet sie einen Spalt und kniet sich auf den Boden. Er holt einen Spiegel aus seinem Rucksack und schiebt ihn vorsichtig durch den Spalt. Dann dreht und kippt er ihn in seiner Hand, um den Hof einsehen zu können.

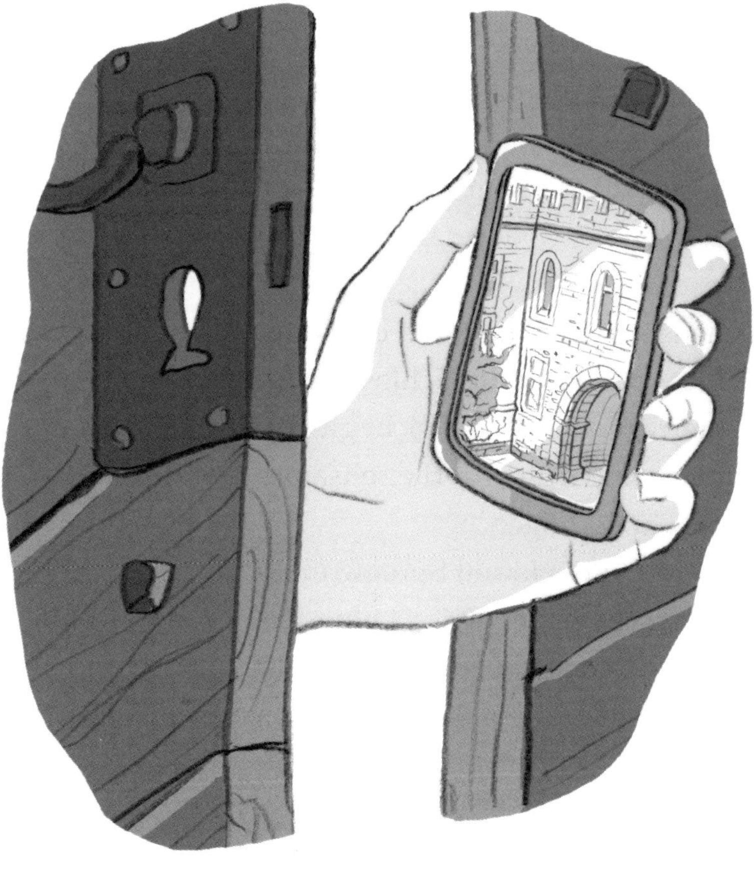

„Die Luft ist rein", gibt er Entwarnung. Jetzt geht alles blitzschnell. Sprosse stößt die Tür auf und die drei Detektive laufen los. Sie überqueren den Schlosshof und verstecken sich in einer dunklen Nische.
Alex atmet tief ein und aus. Langsam streckt er den Kopf hervor. Er nickt kurz und wieder laufen die Kinder weiter.
„Lasst uns mit dem Keller beginnen", flüstert Alex.

Eine steinerne Treppe führt in das alte Gewölbe. Es ist kühl, ja fast kalt. Krissi fröstelt. Sie zittert halb vor Kälte, halb vor Angst.
„Hört ihr etwas?", fragt Sprosse. Krissi hält gespannt den Atem an. Alex legt die Hand hinter sein Ohr. Nichts!
„Ich auch nicht", wispert Sprosse. „Ist das nicht seltsam? Warum hört man tagsüber nichts?"
„Und warum war die Tür offen und gestern versperrt?", wundert sich Alex.
„Außerdem ist es merkwürdig, dass die Geräusche erst seit zwei Wochen zu hören sind", überlegt Sprosse.
„Zwei Wochen … warum zwei Wochen!"
„Komisch! Der Inspektor jagt die Geldfälscherbande auch seit zwei Wochen", fällt es Krissi ein.
Die Detektive sind sicher: Das kann kein Zufall sein!

Entschlossen gehen die drei weiter. Es wird immer dunkler und bald dringt das Sonnenlicht nicht mehr in die Kellerecken vor. Alex schaltet seine Taschenlampe ein. Krissi und Sprosse drängen sich dicht an ihn. So schleichen und stolpern sie die Stufen hinunter. Am Treppenende sind ein langer, schmaler Gang und einige Nischen und Türen zu sehen.
Krissi wird es ganz mulmig zumute. Hoffentlich lauert da nicht irgendwo doch der Geist von Gräfin Brunhilde. Diese Sorge hat Alex nicht. Er hat längst beschlossen, es auch mit Gespenstern aufzunehmen. Sprosse murmelt ständig „Das kann kein Zufall sein!“ vor sich her.
„Sofort stehen bleiben!“, ruft plötzlich eine unheimliche Stimme. Das Echo hallt von den Mauern zurück. Erschrocken zucken die Kinder zusammen. Starr vor Angst stehen sie wie versteinert da. Alex überlegt kurz. Schnell knipst er die Taschenlampe aus und zieht Krissi und Sprosse in eine dunkle Nische.
„Verflixt, wo seid ihr?“, hört man die Stimme. „Ich bin es, Schnüffel!“

11. Das Ende vom Garn

„Inspektor? Du?", jubelt Krissi.
Alex schaltet die Taschenlampe wieder an und leuchtet die Treppe hinauf. Tatsächlich, da steht Schnüffel und grinst den Kindern entgegen.
„Was machst du denn hier?", fragt Sprosse. „Du hast doch so viel zu tun."
Der Inspektor nickt. Das hat er auch.
„Aber mir ist da etwas aufgefallen", sagt er und holt ein Bündel Geldscheine aus seiner Hosentasche.
Sprosse versteht sofort. Er kramt die Banknote, die die Kinder gefunden haben, aus dem Rucksack. Er faltet den Schein glatt und hält ihn gegen die von Schnüffel.
„Das gibt es nicht. Die haben ja alle dieselbe Seriennummer", meint Sprosse.
Das hat der Nachwuchsdetektiv richtig erkannt.
„Ihr habt einen Schein der Geldfälscherbande gefunden", bestätigt Schnüffel. „Ich nehme an, dass die Scheine hier im Schloss gedruckt werden."
Erstaunt schauen die Kinder einander an.
„Dann … dann waren die Geräusche …", stottert Sprosse ganz aufgeregt.
„… nicht die von Gespenstern", hofft Krissi auf gute Nachrichten.
Schnüffel lacht. „Ganz und gar nicht!", grinst er. „Ich

nehme an, das war der Lärm, den die Maschinen verursacht haben. Oder die Bande hat die Geräusche bewusst gemacht, um den Leuten Angst einzujagen. Die alte Spukgeschichte geistert mittlerweile durch das

ganze Dorf und sollte wohl die Menschen abhalten, hierherzukommen, und gar zu neugierig zu sein."
„Ich wusste, es kann kein Zufall sein", freut sich Sprosse.

Auch Alex ist begeistert. Die Fälscherbande hatte freie Bahn. Tagsüber standen die Maschinen still und den Spaziergängern konnte nichts Verdächtiges auffallen. Aber nachts, sobald es dunkel wurde, ratterten die Maschinen los. Und für besonders neugierige Besucher wie Krissi, Alex und Sprosse gab es Extravorstellungen, um ihnen ordentlich Angst zu machen.
„Was wir gehört haben, also die Rufe von Lutgard und das galoppierende Pferd, waren wahrscheinlich nur Tonbandaufnahmen", vermutet Sprosse. Das denkt Schnüffel auch.
„So wollte die Bande sichergehen, dass ihr nicht mehr zurückkommt und eure Spürnase in Dinge steckt, die euch nichts angehen."
„Da haben sie falsch gedacht", sagt Krissi stolz.
Plötzlich knarrt eine Tür. Blitzschnell

verschwinden die Kinder und Schnüffel in einer Nische. „Pst!“, macht der Inspektor und nimmt Alex die Taschenlampe ab. Er verdeckt sie mit seinem Mantel, so dass nur noch ein schwacher Lichtschein zu sehen ist.
„Das ist nicht gut“, flüstert Schnüffel, als er zwei Männer laut lachen hört. „Ich habe die Polizei schon informiert. Ich hoffe, die Kollegen kommen, bevor die uns finden.“
„Ha, ha, ha! Den Kindern haben wir es ordentlich gezeigt“, brummt einer der Männer.
„Selber schuld“, antwortet der andere. „Sollten eben lieber fernsehen als hier herumzustreunen, ha ha ha ha!“
„Passt auf, wir machen das so“, wispert Sprosse und erklärt den Detektiven seinen Plan.

Die Schritte der Männer werden lauter. Sie hallen durch den engen Gang. Immer wieder hört man die beiden lachen. Mit zwei Riesenschritten wechselt Sprosse die Seite und hockt sich nieder. Er wirft dem Inspektor eine Rolle Garn aus seiner Detektivausrüstung zu.
Der Schein der Taschenlampe, die die Männer bei sich haben, kommt immer näher.
„Ich hätte zu gern ihre Gesichter gesehen“, lacht der eine. „Bruuuuunhiiiiilde! Wie kann man so etwas nur glauben?“
„Jetzt“, flüstert Schnüffel.

„Ja, Lutgard, mein Liebster“, ruft Krissi.
Wie angewurzelt bleiben die Männer stehen.
„Was? Was geht denn hier vor?“
„Huhu, Lutgard“, flötet Krissi noch einmal.
Mit ihrer Taschenlampe leuchten die beiden Männer dorthin, von wo die Rufe kommen.
Genau in dem Moment springen Krissi und Alex aus ihrem Versteck.
„Lutgard! Bussi, Bussi!“, ruft Alex.
„Na, wartet! Euch kriegen wir!“

Krissi und Alex laufen los, so schnell sie können. Die Männer sprinten hinterher. Sie holen immer weiter auf. Die Kinder haben die Treppe erreicht. Hinter ihnen schnaufen die beiden Männer. Gleich müssten sie …
„Sprosse!“, schreit Schnüffel.
Ruckartig zieht Sprosse an dem Garnende, das er in der Hand hält. Die Schnur spannt genau im richtigen Moment.
„Was zum ….“, kreischen die beiden Männer. Schon purzeln sie übereinander und fallen auf den kalten Steinboden.
„Was war das denn?“, fragt der eine und versucht sich aufzurappeln.
Da ist Schnüffel schon zur Stelle. Geschickt fesselt er die beiden Männer mit Sprosses Hilfe.

„Das werdet ihr büßen“, fluchen die Männer.
„Oder ihr“, sagt Schnüffel, denn gerade stürmen Polizisten die Treppe herunter.
„Wir haben alles unter Kontrolle“, gibt der Inspektor Entwarnung. „Hier bitte, das ist die gesuchte Geldfälscherbande. Bereits verpackt und fertig zum Versenden.“
Krissi, Alex und Sprosse fallen einander erleichtert um den Hals. Was für ein Abenteuer!
„Und wer seid ihr?“, erkundigt sich einer der Polizisten.
„Oh Verzeihung“, grinst Schnüffel. „Darf ich vorstellen? Detektivbüro Schnüffel!“
Sprosse widerspricht sofort. „Detektivbüro Schnüffel und Co.“, stellt er klar.
Die Polizisten lachen.
Die Kinder sind zufrieden. Gemeinsam haben sie ihren ersten Fall gelöst. Und bestimmt wartet noch eine Menge neuer Fälle auf das Detektivbüro Schnüffel und Co.

„Aber zuerst helfe ich euch jetzt endlich bei eurem Aufsatz“, erklärt Inspektor Schnüffel.
„Das habt ihr euch wirklich verdient.“

Krissi, Alex und Sprosse grinsen – das ist typisch Schnüffel.

Schreibwettbewerb!

Inspektor Schnüffels

geheime Ratekrimi-Bibliothek

Brandstiftung in der Schule

In der Volkschule Ehrenhausen herrscht große Aufregung. In der letzten Nacht brannte das Schulgebäude lichterloh.
Inspektor Respektor beginnt sofort zu ermitteln. Sein heißgeliebter Papagei sitzt wie immer auf seiner Schulter und plappert: „Brennt die Schule lichterloh, bin ich ganz schön froh!" Der Inspektor hat schon drei Verdächtige, die er der Reihe nach befragen will: Da wären einmal die geschwätzige Schuldirektorin, Frau Quasselstrippe, der Schulwart, Herr Feuerdrache, und der nervige Nachbar, Herr Wirbelnix. Die Direktorin steht unter Verdacht, weil sie das Geld von der Versicherung gut für ihre Nachmittagsbetreuung brauchen könnte.
Inspektor Respektor fragt: „Wo waren Sie um 23:30 Uhr, dem Zeitpunkt der Brandstiftung?"
Die Direktorin verteidigt sich: „Ich musste mit meinem Hund um diese Zeit noch einmal Gassi gehen und ich hielt dabei ein Schwätzchen mit meinem Nachbarn. Sie können ihn gerne fragen!"
Respektor glaubt der geschwätzigen Dame, die jede Gelegenheit für einen Tratsch zu nutzen scheint.
Der Detektiv interviewt als Nächsten den Schulwart: „Sie sind ja bekanntlich Kettenraucher und von den Kin-

dern habe ich erfahren, dass Sie Ihre Zigarettenstummel immer achtlos in die Ecke werfen."
Herr Feuerdrache erwidert rasch: „Ich bin seit einigen Wochen Nichtraucher, Sie können die Bestätigung gerne bei meinem Arzt abholen."
Inspektor Respektor gibt nicht auf. Er befragt zum Schluss noch den Nachbarn der Schule: „Sie haben schon öfters Anzeige bei der Gemeinde wegen der Lärmbelästigung durch die Schulkinder erstattet. Was sagen Sie zu der Brandstiftung letzte Nacht?
Herr Wirbelnix antwortet: „Also ehrlich, mittlerweile mag ich die Kinder gerne und außerdem war ich gestern um 23:30 Uhr im Kino."
Der Inspektor lacht und sein Papagei krächzt fröhlich: „Vielleicht hat er gesehen den Kinofilm ‚Kampf gegen das Feuer – ist mir nicht geheuer!'?"
Respektor nimmt den Nachbarn fest und bringt ihn aufs Revier.
Woher weiß der Inspektor, dass Herr Wirbelnix der Schuldige ist?

Clara Stubenrauch, Wildon

Lösung: Wirbelnix wusste die genaue Tatzeit (die im Gespräch mit der Direktorin genannt wird), ohne dass Inspektor Respektor sie ihm gegenüber erwähnt hatte.

Karin Ammerer
Detektivbüro Schnüffel & Co.
Das Rätsel um das schwarze Phantom
Ab 8 Jahren, 96 Seiten
14,8 x 21 cm, Hardcover
durchg. illustriert von Tooncafé
Euro 8,95
ISBN 978-3-7074-1672-5

Das Rätsel um das schwarze Phantom
Rätselhaftes passiert in dem kleinen Ort, in dem die Detektive ermitteln.
Es gibt immer wieder Einbrüche,
doch gestohlen wird nie etwas wirklich Wertvolles.
Zeugen für die Taten gibt es nicht,
aber an allen Tatorten hat das
schwarze Phantom seine Visitenkarte zurückgelassen ...

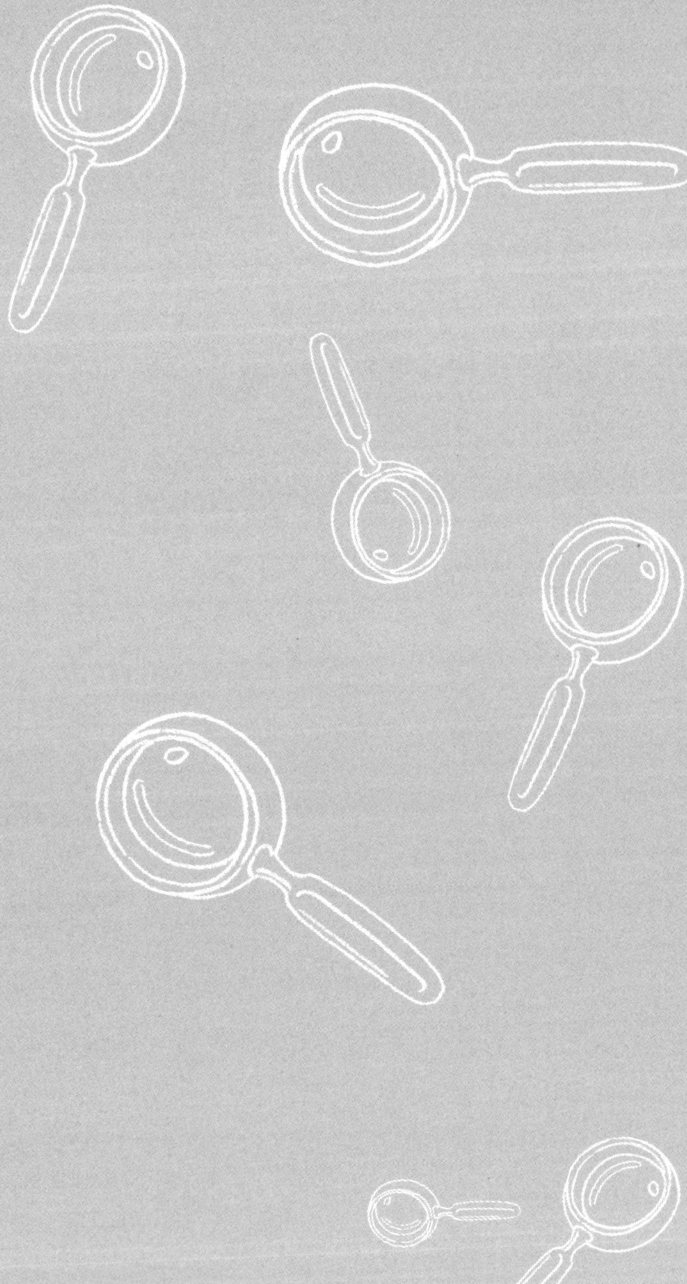